COLLECTION FOLIO

Léon Tolstoï

Le réveillon du jeune tsar

et autres contes

Traduit du russe
par Georges d'Ostoya
et Gustave Masson

Gallimard

Ces contes sont extraits des *Œuvres posthumes* (collection Blanche, 1934).

Léon Tolstoï naît dans une famille aristocratique à Iasnaïa Poliana, gouvernement de Toula, en août 1828. Très jeune, il perd ses parents à quelques années d'intervalle et est élevé par ses tantes. À l'université, il s'inscrit en lettres, puis en droit, mais n'achève pas ses études et mène une vie oisive pendant plusieurs années. Il s'engage finalement dans l'armée et part pour le Caucase où il partage la vie des officiers d'artillerie et commence à écrire une autobiographie romancée. *Enfance* paraît en 1852, suivi de *Adolescence* en 1854 et *Jeunesse* trois ans plus tard. Muté dans l'armée du Danube, il est promu et envoyé, à sa demande, en Crimée où il assiste au siège de Sébastopol. Les *Récits de Sébastopol* paraissent en 1855 dans la revue *Le Contemporain* et font sensation. Pour la première fois en Russie, la guerre est représentée dans toute son absurdité et sa cruauté. Il quitte l'armée, s'installe à Iasnaïa Poliana et épouse Sofia Andréïevna Bers, fille d'un médecin moscovite, avec qui il aura treize enfants. Il voyage à travers toute l'Europe et, à son retour, fonde une école sur son domaine pour instruire lui-même les enfants de ses paysans. Il est mis sous surveillance policière car ses activités paraissent dangereuses. Il travaille sur le manuscrit de *La Guerre et la Paix*, épopée des guerres napoléoniennes vues du côté russe. Le roman paraît en volume en 1869. Tolstoï commence ensuite *Anna Karénine*, vaste fresque de la noblesse de son temps, dans laquelle il aborde le thème de l'adultère. Vers 1880, il traverse une violente crise morale et religieuse et s'élève contre l'iniquité des structures sociales, et cherche à remédier à la pauvreté de la paysannerie. Soucieux de l'éducation de leurs enfants, les Tolstoï s'installent à Moscou où l'écrivain découvre la misère des grandes villes. Il publie un traité religieux et moral, *Le Royaume de Dieu est en nous*, puis un roman en 1899, *Résurrection*, violente critique de la société et de ses institutions, en particulier de l'Église et de la justice. En 1901, il est excommunié par le Saint-Synode. Son influence va grandissante, en Russie comme à l'étranger. Lors de la révolution d'Octobre en 1905, il préconise le partage des terres entre les paysans, mais ne veut pas que leur soient accordées des libertés politiques « pervertissantes ». Le 28 octobre 1910, il quitte Iasnaïa Poliana pour une destination inconnue, mais tombe gravement malade pendant son voyage et meurt chez le chef de gare d'une petite ville de province à l'âge de quatre-vingt-deux ans.

Écrivain original et perfectionniste, Léon Tolstoï a bouleversé le roman russe par sa réflexion sur la nature humaine et la société.

Lisez, découvrez ou relisez les livres de Léon Tolstoï :

ANNA KARÉNINE (Folio n° 2660)

LES COSAQUES (Folio n° 850)

ENFANCE-ADOLESCENCE-JEUNESSE (Folio n° 678)

LA GUERRE ET LA PAIX (Folio n°s 287 et 288)

HADJI MOURAT (Folio n° 4038)

LA MORT D'IVAN ILITCH, *précédé de* TROIS MORTS *et suivi de* MAÎTRE ET SERVITEUR (Folio n° 3011)

LA MORT D'IVAN ILITCH (Folio Bilingue n° 89)

RÉSURRECTION (Folio n° 619)

LA SONATE À KREUTZER *précédé de* LE BONHEUR CONJUGAL *et suivi de* LE DIABLE (Folio n° 622)

LA SONATE À KREUTZER (Folio Bilingue n° 40)

LE DIABLE (Folio Bilingue n° 123)

LES MÉMOIRES D'UN FOU

I

La visite qu'on vient de me faire passer dans les bureaux de l'Administration provinciale a donné lieu à de nombreuses controverses entre les médecins qui m'examinaient. Enfin, après avoir longuement discuté sur mon cas, ils se sont mis d'accord pour déclarer que je n'étais point atteint d'aliénation mentale. Quant à moi, je demeure convaincu du contraire, et je suis persuadé que cette conclusion des hommes de science résulte uniquement des efforts que j'ai faits pour paraître calme et leur cacher la vérité. Si j'ai agi ainsi, c'est par crainte d'un séjour dans un asile, séjour qui m'aurait empêché d'accomplir ma besogne de fou.

Ainsi, tout en reconnaissant que je suis sujet

à quelques troubles nerveux, les médecins assurent que ma raison subsiste néanmoins en entier. L'un d'eux voulut même me prescrire un régime qui, suivi rigoureusement, disait-il, ne manquerait point de faire disparaître mon mal et, avec lui, les inquiétudes mortelles qui, de plus en plus souvent, me torturent.

Que ne donnerais-je pas pour que le pronostic fût exact, car, en vérité, je souffre chaque jour davantage !...

En attendant, mettons de l'ordre dans nos idées, pour conter par le menu comment je suis devenu fou et comment, en me trahissant, j'ai provoqué la visite médicale dont je parle plus haut.

J'ai vécu jusqu'à l'âge de trente-cinq ans sans que mes faits et gestes eussent pu éveiller un doute ou une suspicion sur ma raison. Seules, les dix premières années de ma vie offrent quelque similitude avec mon état actuel ; pourtant, à cette époque, *Cela* ne m'arrivait que par courtes crises, et non d'une manière chronique comme aujourd'hui.

Je me rappelle parfaitement le premier de ces accès : le souvenir de cette soirée — j'avais alors cinq ou six ans — est resté gravé dans ma mémoire. Aujourd'hui, à trente années de distance, je revois la vieille figure de ma bonne nourrice Eupraxie et, sous son menton, la peau qui, décollée de la chair, pend drôlement, tel un sac vide. Longue, maigre, vêtue d'une robe brune, coiffée d'un bonnet blanc, elle me déshabille et se prépare à me coucher.

— Non, non, je veux monter tout seul, lui dis-je en enjambant la petite grille qui entoure mon lit d'enfant.

— Allons, couchez-vous, Fedia. Voyez Mitia qui est sage, lui ; il est déjà dans son lit, dit-elle en désignant mon frère.

Je sautai dans mon lit, tout en tenant la main de la vieille Eupraxie. Je remuai mes jambes sous la couverture, je m'entortillai et je me sentis très bien. Tout heureux, je me taisais, en songeant : j'aime ma nourrice qui, elle, nous aime tous les deux, moi et Mitia ; et moi, j'aime Mitia, qui nous aime, moi et la nourrice. Et ma nourrice est aimée de Tarass ; et moi j'aime Tarass ; Mitia, lui aussi, aime Tarass, qui lui, m'aime, moi et la nourrice. Et la nourrice m'aime, elle aime aussi maman et papa. Et tout le monde s'aime, et tout le monde est heureux !

Soudain, j'entends entrer la gouvernante qui, furieuse, entreprend Eupraxie à propos d'un sucrier. La vieille nourrice se met en colère et affirme, en criant, qu'elle ne l'a pas pris. Ces cris me font peur, très peur, je sens une terreur indicible m'envahir, j'ai froid et je cache ma tête sous les couvertures, ce qui, cependant, ne diminue en rien l'effroi que j'éprouve ; et, au même instant, une vision me vient à l'esprit : celle d'un petit garçon aperçu naguère et qu'un homme fouettait à tour de bras. La figure de ce dernier m'avait paru monstrueuse ; il tapait tout en disant : « *Ah ! tu ne recommenceras pas, tu ne recommenceras pas !* » Quant au petit, il pleurait et criait : « *Non, non, je ne recommencerai pas !* » Et l'autre répétait toujours son interminable : *tu ne recommenceras pas*, sans s'arrêter de frapper.

C'est alors que *Cela* me prit ; je me mis à sangloter, sangloter, et il se passa longtemps avant qu'on eût pu me calmer. Ces inexplicables sanglots d'enfant ne furent-ils pas le premier accès de ma folie actuelle ?

Je me souviens aussi de la seconde crise qui arriva un soir où ma tante nous avait parlé de Jésus-Christ. Son récit terminé, elle s'était levée pour partir, tandis que moi et Mitia nous insistions pour qu'elle recommençât.

— Dis, conte-nous encore l'histoire de Jésus.

— Non, pas maintenant, je suis pressée.

— Si, maintenant, allons, conte, petite tante.

Voyant qu'il n'y avait rien à faire, la tante reprit son histoire. Elle nous conta encore une fois le martyre, les coups, le crucifiement du Seigneur. Elle répéta aussi que, pendant l'exécution, Jésus, qui n'avait point cessé de prier, avait pardonné à ses bourreaux.

— Tante, pourquoi l'a-t-on martyrisé ?

— C'étaient de méchantes gens.

— Mais lui, cependant, était bon.

— Allons, assez. Voilà que neuf heures sonnent. Vous entendez ?

— Mais pourquoi l'a-t-on battu ? Il pardonnait et on le battait quand même. Cela lui faisait-il mal ? Tante, cela lui faisait-il mal ?

— Allons, assez. Je vais prendre mon thé.

— Ce n'est peut-être pas vrai, qu'ils l'ont battu ?

— Allons, assez !

— Non, non, ne t'en va pas.

Et cela recommença. Je sanglotais, je sanglotais et je me frappais la tête contre le mur.

C'est ainsi que *Cela* me prenait dans mon enfance. Mais, à quatorze ans, à la puberté, je m'adonnai au vice, comme tous les garçons de mon âge, qui sont élevés comme moi dans le luxe sans que le travail physique vienne interrompre une existence toute de tentations, celle des enfants gâtés. Ce vice se mua bientôt en un autre et je connus des femmes. Et c'est ainsi que, recherchant la jouissance et ne la trouvant pas, j'ai vécu jusqu'à trente-cinq ans. J'étais bien portant et ne remarquais en moi aucun signe de déséquilibre mental.

II

Ces vingt ans de ma vie coulèrent de façon si monotone que je ne me souviens de rien de saillant et que je tente rarement, et d'ailleurs avec dégoût, d'en retrouver la trace. Ainsi que tous les garçons bien portants de mon milieu, j'entrai au lycée, puis à l'Université où je terminai mon droit. Ensuite je pris du service. Je me mariai, et, vivant à la campagne, j'élevais mes enfants, en remplissant mes fonctions de juge de paix.

Dans la dixième année de mon mariage, survint la première crise depuis mon enfance.

Ma femme et moi avions fait quelques économies ; nous décidâmes d'acheter un domaine. L'affaire m'intéressait beaucoup. J'avais toujours cette idée en tête d'augmenter notre bien d'une manière intelligente, et mieux que les autres. Je m'enquis des terres mises en vente et je suivis les annonces des journaux. Je voulais une exploitation telle que son rapport immédiat pût me faire vite récupérer le capital engagé ; de sorte que je l'aurais eue quasi pour rien. Aussi, je cherchais à traiter avec quelque imbécile ignorant des affaires ; enfin, je crus l'avoir trouvé.

Un domaine, avec de grandes forêts, était à vendre dans le gouvernement de Penza. D'après les renseignements que je recueillis, le vendeur était un véritable idiot : les forêts, à elles seules, valaient la totalité du prix demandé. Je me mis donc en route.

D'abord ce fut un voyage en chemin de fer. Puis, moi et le serviteur que j'avais emmené, nous prîmes la poste. Le trajet fut très agréable :

mon domestique, un gentil et bon jeune homme, était aussi gai que moi. Nouveaux sites, nouvelles gens. Nous passions en riant.

Il nous restait encore deux cents verstes à faire et nous décidâmes de ne plus nous arrêter que pour changer d'attelage. La nuit vint, nous étions toujours en route, assoupis. Je me redressai tout à coup, réveillé en sursaut. Une impression de terreur me saisit : il me semblait que je ne pourrais jamais plus dormir.

Cette idée me vint brusquement : où vais-je, et pourquoi ? Non que la pensée d'acheter un bien à bon marché me déplût ; mais il me sembla qu'il était inutile d'aller plus loin, car j'appréhendais de mourir dans ces lieux étrangers. Mon anxiété grandissait de minute en minute. Serge, mon domestique, s'étant éveillé, j'essayai de me distraire de ces idées stupides en causant avec lui. Je parlais du pays où nous nous trouvions ; il répondait en plaisantant, mais sa bonne humeur ne chassa point mon inquiétude. Puis je parlais encore de ceux de la maison, et de mon achat éventuel, et je m'étonnais de la gaieté de Serge : tout lui paraissait beau et plein d'agrément, tandis que moi je voyais tout en noir. Je finis, cependant, par me sentir un peu mieux. Mais, outre mes angoisses, la fatigue commençait à m'accabler : il me sembla qu'entrer dans une maison, voir des gens, prendre du thé — et surtout dormir — me ferait du bien.

Nous abordions la ville d'Arzamas.

— Que penses-tu ? Ne vaudrait-il pas mieux passer la nuit ici ?... Nous pourrions nous reposer.

— Ça va.

— La ville est-elle encore loin ?

— Il y a bien sept verstes.

Le voiturier était un homme sérieux, méticuleux et silencieux. Il ne se pressait pas et continuait son chemin placidement.

Je me tus. Je ressentais un certain bien-être, car je voyais le repos devant moi et j'espérais que la crise allait passer.

Nous avancions dans les ténèbres qui me paraissaient interminables. Enfin, nous entrâmes en ville. On était déjà couché. Des bâtisses se dessinaient dans la nuit. Les clochettes de l'attelage tintaient et le bruit des sabots résonnait, semblait-il, le long des maisons. Puis celles-ci devinrent blanches, étrangement.

Tout cela n'était pas gai. J'attendais le relais, le samovar et le repos.

Nous nous arrêtâmes enfin devant une maisonnette flanquée d'un poteau. Elle était blanche aussi et ne m'en parut que plus triste encore. Je mis doucement pied à terre.

Serge courait, tout joyeux. Ses talons martelaient le perron et le bruit provoquait en moi une tristesse lancinante. J'entrai. Ce fut d'abord un petit corridor. Un homme apparut, mi-endormi, avec, sur la joue, une grosse tache qui me sembla terrifiante. La petite salle qu'il nous indiqua était ténébreuse. J'y pénétrai avec une sorte de répulsion.

— Auriez-vous une chambre où nous puissions nous reposer ?

— À votre service.

Une petite pièce carrée, blanchie à la chaux. Je me rappelle avoir souffert de ce qu'elle fût si carrée. Il y avait une fenêtre avec un rideau rouge. La table était en bouleau blanc et un vieux divan, tout disloqué, sortait de l'ombre. Serge prépara le samovar, infusa le thé. Quant à moi, je pris un oreiller et me couchai sur le divan. Je ne dormais pas et j'entendais que Serge buvait du thé en me priant d'en prendre.

Mais j'avais peur de me lever, craignant de ne pouvoir trouver le sommeil et de rester éveillé dans cette chambre hostile. Je restai donc étendu et, peu à peu, je m'assoupis. Il est certain que je m'assoupis, car, m'éveillant, je ne vis autour de moi que ténèbres et, de nouveau, comme dans la voiture, la terreur me prit.

Pourquoi suis-je ici ? Où vais-je ? Qui fuis-je ? Je fuis quelque chose de terrifiant et ne puis échapper. Je suis seul avec moi et je suis un fardeau pour moi-même. Moi, me voilà, tout entier. Ni le domaine de Penza, ni aucun autre domaine n'augmenteront ni ne diminueront en rien mon moi. C'est moi qui suis importun à moi-même, et mon propre bourreau. Je veux m'endormir, oublier et je ne le puis ; je ne puis sortir de moi-même.

Je pénétrai dans le corridor. Serge dormait sur un banc étroit, la tête sur son coude, paisible. L'homme à la tache reposait aussi. J'avais quitté la chambre, croyant fuir ce qui me torturait, mais *Cela* était sorti derrière moi et couvrait tout de ténèbres.

— Quelles sont ces bêtises ? me dis-je. De quoi ai-je peur ?

— De moi, répondit la voix imperceptible de la Mort. Je suis ici.

Je sentis un froid sur ma peau. Elle va venir. Elle est là et pourtant elle n'aurait pas dû venir. Si, en réalité, elle m'attendait, je ne sentirais point ce que je ressens. J'aurais peur. Mais à ce moment-là je n'avais pas peur : je sentais que la Mort arrivait et qu'elle ne devait cependant pas venir encore. Tout mon être aspirait à vivre et pourtant la Mort inéluctable approchait. Et ce déchirement intérieur me causait une terreur indicible que j'essayais en vain de secouer. Je trouvai un chandelier de cuivre où restait une bougie à moitié brûlée, que j'allumai. La flamme rouge, variable et dansante, reflétait mes craintes. Il n'y a rien dans la vie que la Mort — et pourquoi en est-il ainsi ?

Je m'efforçai de penser à ce qui m'intéressait, à ma femme, à l'achat du domaine. Mais rien de gai même dans ces pensées : tout était dominé par cette idée de la vie qui s'éteint.

Il fallait pourtant tâcher de dormir. Je me couchai ; mais aussitôt allongé, je sursautai, repris d'angoisse. Et, à nouveau, ce fut la même anxiété, mais purement morale, analogue seulement à l'étrange tourment qui précède la nausée. C'était pénible, écrasant. Il me semblait que j'avais peur de la mort, mais, devant la vie, je tremblais plus encore. Imperceptiblement, la vie et la mort s'amalgamaient, s'unissaient. Quelque chose d'inexprimable mettait mon âme en loques et ne pouvait, eût-on dit, y parvenir. J'allai, encore une fois, regarder les dormeurs ; une fois de plus, j'essayai de m'endormir. La même terreur, rouge, blanche, carrée, me terrassait. Quelque chose qui se déchire sans se déchirer. C'était poignant, douloureusement sec, et mauvais. Il n'y avait pas une goutte de bonté en moi et je ne ressentais qu'une animosité, égale et calme, contre moi-même et contre Celui qui m'avait créé.

Qui était-ce ? On dit que c'est Dieu. Dieu !... Priez, me rappelai-je. Il y avait longtemps, vingt ans, peut-être, que je n'avais prié. Et je ne croyais à rien, bien que, par concession, je communiasse tous les ans. Je me mis donc en prières : Notre Père, qui êtes aux cieux... Je vous salue, Marie... Mon Dieu, ayez pitié de moi... J'improvisais des prières. Je fis de nombreux signes de croix et m'inclinai jusqu'à terre, tout en regardant autour de moi par crainte d'être aperçu. Tout cela m'avait un peu distrait. Et je me recouchai. Il m'avait pourtant suffi de m'allonger et de fermer les yeux pour que l'épouvante me poussât et me redressât à nouveau. Incapable de supporter plus longtemps cette torture, je réveillai le gardien, puis Serge. J'ordonnai d'atteler et nous partîmes.

L'air et le mouvement me firent du bien. Je sentais cependant que quelque chose de lourd et de nouveau encombrait maintenant mon âme et empoisonnerait toute mon existence.

III

Nous arrivâmes à la nuit. La journée s'était passée à lutter contre l'angoisse et j'avais enfin réussi à la surmonter. J'en retrouvais pourtant la trace en moi comme d'un mal antérieur. Elle était là, au fond de moi-même, me dominait et, par moments seulement, je pouvais l'oublier.

C'était tard dans la soirée. Le vieil administrateur me reçut assez bien, mais sans aménité. On voyait que cette vente le mettait en rage.

Les chambres étaient propres et meublées confortablement. Un samovar brillant et neuf, un service à thé et du miel m'attendaient. Tout me parut bien ; mais, comme pour obéir à quelque consigne oubliée, je demandai, sans m'y intéresser, des renseignements sur le domaine. Puis je m'endormis plus calme, ce que j'attribuai à mes prières de la nuit.

Je recommençais à vivre comme auparavant. Cependant la peur de la peur était depuis ce jour latente en moi. Je me sentais obligé à une vie active et qui s'écoulerait dans les conditions coutumières. Comme un enfant récite par cœur une leçon apprise par habitude, il me fallait vivre, vivre afin de ne pas retomber sous l'emprise de la terrible sensation qui, pour la première fois, m'avait saisi à Arzamas.

J'étais rentré chez moi sans avoir conclu l'affaire, n'ayant pas assez d'argent. Je vivais, certes, comme par le passé, avec cette seule différence que je priais et fréquentais l'Église. Comme par le passé, ai-je dit ; mais il me semble, maintenant, que ce n'était pas du tout comme par le passé. Je roulais simplement, par la force acquise, sur des rails auparavant fixés, sans toutefois entreprendre quoi que ce fût de nouveau. Ma femme l'avait remarqué et ne cessait de me faire des reproches. L'angoisse, pourtant, n'était point revenue.

Un jour, je fus obligé d'aller à Moscou. Je préparai mes bagages et partis le soir même. Il s'agissait d'un procès. J'arrivai à Moscou joyeusement, car, en route, j'avais lié connaissance avec un hobereau de Kharkov, et nous avions parlé de culture, de banque, de notre hôtel et de théâtre. Nous nous arrêtâmes dans une hôtellerie de la rue Miasnitskaïa et nous décidâmes d'aller, le soir même, voir jouer *Faust*. La chambre de l'hôtel était très petite. La lourde odeur du corridor me prenait à la tête. Le portier entra, avec ma valise. La bonne alluma la bougie. La flamme, d'abord droite, s'affaissa, comme toujours. Dans la chambre voisine quelqu'un toussota : un vieillard, sans doute. Puis la fille sortit, mais le portier resta, s'offrant à défaire les courroies de ma valise. La flamme se raviva soudain, éclairant le papier bleu rayé de jaune, le paravent, la table recouverte d'un drap moisi, le vieux divan, la glace, la fenêtre, et toute l'étroitesse de la pièce. Et soudain l'épouvante ressentie à Arzamas se réveilla.

— Mon Dieu, comment vais-je passer la nuit ici ?

Pour sentir quelqu'un près de moi, je cherchai à retenir le portier.

— Défais la valise, mon garçon. Je m'habille et je vais au théâtre. Puis, tu iras voir le monsieur du N° 8, qui est arrivé avec moi, et tu lui diras qu'aussitôt prêt j'irai le retrouver.

Le portier sortit, tandis que, tout en craignant de regarder le mur, je m'empressais de m'habiller.

— Qu'est-ce donc que cette ineptie, cette peur enfantine ? songeai-je. Je ne crains pas les fantômes et pourtant il vaudrait mieux les craindre que de craindre ce dont j'ai peur maintenant. Quoi ? Rien. Moi-même. En voilà des bêtises !

Comme inconscient, je passai une chemise froide et empesée, ma redingote, mes souliers neufs et j'allai trouver mon hobereau. Il était déjà prêt et nous sortîmes. Comme il prétendit qu'il devait se faire friser, nous entrâmes chez un coiffeur français ; je bavardai un peu avec lui et j'achetai des gants. Tout allait bien : j'avais oublié ma chambre étroite et le paravent. Au théâtre, je passai une bonne soirée et, en sortant, mon compagnon m'invita à souper. C'était hors de mes habitudes, mais lorsqu'il me fit cette proposition je me souvins du paravent et je consentis.

Nous rentrâmes à l'hôtel vers deux heures. J'avais bu deux verres de vin — ce qui encore était contraire à mes habitudes — et j'étais gai. Mais aussitôt que l'odeur du corridor m'eut saisi aux narines, le froid de la terreur me passa dans le dos. Il n'y avait rien à faire. Je serrai la main de mon compagnon et j'entrai chez moi.

Je passai une nuit atroce, pire que celle d'Arzamas. C'est à l'aube seulement que je m'endormis, au moment où, de l'autre côté de la cloison, le vieillard se remit à tousser.

J'avais souffert toute la nuit d'une manière intolérable. De nouveau mon âme s'évadait de mon corps. Je vis, j'ai vécu, il me faut vivre, et pourtant la mort va venir et tout anéantir. Pourquoi vivre ? Mourir ? Se tuer à l'instant même ? J'ai peur. Attendre la mort ? Je le crains encore plus. Alors, vivre ? Pourquoi ? Pour mourir ?

Ce cercle était sans issue. Je prenais un livre, je lisais, je m'oubliais un instant... et la question revenait, torturante. Je me couchais dans mon lit, je fermais les yeux. C'était pire. Je me levais.

Dieu a fait cela. Pourquoi ? On dit : N'interroge pas, mais prie Dieu. Je priais, comme à Arzamas. Mais là-bas, ç'avaient été des prières enfantines, tandis que, maintenant, ma prière avait un sens. « Si Tu existes, révèle-moi ce que je suis et pourquoi j'existe ! » Je me prosternais, je disais toutes les prières que je connaissais, j'en inventais, et j'ajoutais : « Mais révèle-Toi donc ! » Je me taisais et attendais la réponse. Mais il n'y avait pas de réponse — comme il n'y a personne pour répondre. Et je restais seul, seul avec moi-même. Je parlais à la place de Celui qui ne voulait parler : « Pour vivre dans la vie future », me répondais-je. Pourquoi, alors, cette incertitude, ce martyre ? Je ne puis croire à la vie future. Je croyais, jadis, quand toute mon âme n'interrogeait pas, mais maintenant je ne puis, je ne puis. Si Tu étais là, Tu me dirais à moi, aux hommes ; mais Tu n'es pas, et il n'y a que le désespoir. Et je n'en veux pas, je n'en veux pas.

Je me révoltais. Je Lui avais demandé de me révéler la vérité, de se révéler lui-même. J'ai fait tout ce qu'on peut faire, mais Il ne se révélait pas. Priez, et vous serez exaucé. Je priais et, dans cette prière, je cherchais, non une consolation, mais du repos. Je ne croyais pas en Lui, mais je priais. Et Lui ne m'avait rien révélé. Je comptais avec Lui, je le condamnais — et je ne croyais pas en Lui.

IV

Le lendemain, je fis mon possible pour terminer mes affaires dans la journée et n'avoir plus à coucher dans cette chambre. Mais je ne pus tout faire et je dus revenir à l'hôtel à la nuit. Cette fois, cependant, je n'eus pas d'angoisse.

Cette première nuit à Moscou avait entièrement changé ma vie, déjà transformée à Arzamas. À mon retour à la maison, je m'occupais de moins en moins d'affaires ; une étrange apathie m'envahissait souvent ; ma santé commençait à faiblir. Ce que voyant, ma femme insista pour que je consultasse un médecin. Elle prétendait que mes scrupules religieux provenaient de la maladie. Quant à moi, je savais que ma faiblesse avait une tout autre cause : la question sans solution qui était en moi. J'essayais de ne pas m'exagérer l'importance de cette question, en faisant l'impossible pour remplir ma vie. Les dimanches et fêtes, j'allais à l'église, je communiais, je jeûnais même, ainsi que j'en avais coutume depuis mon voyage à Penza. Je priais, mais surtout par habitude. N'attendant rien de mes prières, j'en voulais cependant conserver le bénéfice, comme si elles eussent été une traite tirée sur l'avenir. Je faisais cela à toutes fins utiles et, en attendant, j'employais toutes mes heures, non en travaux domestiques, car, manquant de ressort, j'étais incapable de lutter, mais à la lecture des journaux, des revues, des romans, ou en jouant aux cartes à petit enjeu. La chasse, seule, ramassait mes restes d'énergie.

Un jour d'hiver, un voisin vint avec sa meute et me proposa une chasse aux loups. Je le suivis. Arrivés sur place, nous prîmes pied et gagnâmes nos positions. Notre expédition ne fut pas heureuse, car les loups ne purent être joints. Je suivis la trace d'un lièvre sur la neige et les empreintes me menèrent fort loin, dans un sous-bois. Mon lièvre était là et s'enfuit. Je m'en retournai donc par la forêt, couverte d'une neige épaisse dans laquelle mes raquettes s'enfonçaient. L'endroit était de plus en plus désert et je ne savais où j'étais, la nappe blanche ayant tout transformé.

Je m'étais égaré. La maison, les chasseurs, tout était loin, et le silence seul à l'entour. Transpirant, fatigué, je ne savais que faire. M'arrêter, c'était m'exposer à mourir de froid. Marcher ? je n'avais plus de forces. Nulle réponse à mes appels. Tout autour, c'était la forêt, sans points de direction. Je m'arrêtai et, atterré, je sentis que l'atroce inquiétude d'Arzamas et de Moscou, mais cent fois plus forte, revenait. Le cœur battant, grelottant de tout le corps, j'attendais quelque chose. Était-ce la mort ? Pourquoi ? Je n'en veux pas ! et, comme à Moscou, j'allais encore questionner Dieu, quand je sentis nettement que je ne devais pas le faire, qu'il ne fallait pas compter avec lui, qu'il avait dit tout ce qu'il fallait et que moi seul étais coupable. Écœuré de moi-même, j'implorais son pardon. L'angoisse ne dura pas longtemps. Je restai quelque temps debout, puis je me mis en marche au hasard et, sortant de la forêt, j'arrivai sur la route. Mes mains tremblaient encore, mais j'étais heureux. Je rejoignis bientôt les chasseurs et nous rentrâmes. Dans la joie qui me dominait, j'envisageais quelque heureux présage et je pensais que, chez moi, tout seul, je pourrais tout comprendre. Et ce fut ainsi que je l'avais supposé. Seul, dans mon cabinet de travail, j'ai prié, j'ai demandé pardon de mes péchés qui, bien que peu nombreux, m'obligeaient à considérer mes actes avec répugnance.

V

Depuis, je me suis plongé dans la lecture des Livres Saints. La Bible m'était incompréhensible, mais elle m'attirait. L'Évangile m'attendrissait. Mais c'est surtout la Vie des Saints, avec ses exemples, qui me séduisait le plus. Mes affaires et celles des miens m'intéressaient de moins en moins et ne m'inspiraient même qu'aversion et dégoût.

Tout ce qui avait été ma vie passée n'était plus rien pour moi.

Et c'est en négociant l'achat d'un nouveau domaine que je m'en aperçus.

Celui-ci, mis en vente depuis peu, se trouvait dans le voisinage. Tout y était beau, avantageux, et ce qui l'était le plus, c'est que les paysans du village n'avaient pas de terres à labourer, mais rien que des jardins. Je comptai aussitôt que, ne possédant pas de prés pour faire paître leur bétail, ils seraient contraints de me fournir leur travail pour avoir la jouissance des herbages seigneuriaux. J'avais apprécié tout cela suivant mon ancienne habitude et j'allai voir la propriété. Rencontrant en route une vieille paysanne, je lui demandai mon chemin, et comme je lui parlais doucement, elle m'exposa leur vie de misère. Et quand, rentré chez moi, je voulus mettre sous les yeux de ma femme les avantages de cette affaire, une honte subite m'envahit. Écœuré, je lui avouai qu'il m'était impossible de faire pareille acquisition, car je ne voulais pas que notre richesse fût fondée sur la misère des autres. À peine avais-je dit cela que la vérité m'illumina, non seulement la vérité que je venais de dire, mais cette grande vérité que les pauvres paysans étaient des hommes comme moi, qu'ils avaient droit à la vie, qu'ils étaient mes frères et fils du Tout-Puissant, comme il est dit dans l'Évangile.

Et c'est alors que ce qui m'avait si longtemps

torturé s'éloigna de moi. Ma femme m'opposa vainement ses raisons, — j'étais heureux.

C'était le début de ma folie, qui atteignit au comble un mois plus tard.

Cela commença dès mon arrivée à l'église. J'avais entendu la messe et, tout attendri, j'avais prié longuement. Puis, on me tendit le pain bénit, je baisai la Croix et, à la sortie, je vis des mendiants. Je compris que tout cela ne devrait pas exister. Et puisque cela ne devait pas exister, cela n'existait même pas. Et, par conséquent, la Mort, la Peur, n'existaient pas davantage. Et ce déchirement intérieur qui m'avait torturé, je n'avais plus à le craindre. La lumière descendit en moi et je devins ce que je suis. S'il n'y a rien de tout cela, il n'y a rien non plus en moi... Et là, sur le parvis même, je distribuai aux pauvres tout ce que j'avais sur moi et je partis, à pied, en parlant au peuple.

1884.

UNE ÂME SIMPLE

Aliocha était le second fils de la famille. On l'avait surnommé « le pot » parce qu'envoyé un jour pour porter du lait à la femme du diacre, il tomba et cassa le pot au lait. Sa mère l'avait battu et, depuis, les gamins l'appelèrent « le pot ». C'était un garçon maigre, aux oreilles dressées comme des ailes, au nez immense.

Les camarades se moquaient de lui en disant : « Le nez d'Aliocha ressemble à un chien sur un tas de sable. » Le village possédait une école, mais Aliocha n'avait jamais pu apprendre à lire, et, à vrai dire, il n'avait jamais eu le temps d'y aller. L'aîné était en ville, au service d'un boutiquier, et Aliocha avait toujours aidé son père dans les travaux des champs. Il n'avait que six ans quand, avec sa petite sœur, il gardait les vaches et les moutons. Quand il eut grandi, on lui confia les chevaux, nuit et jour. À douze ans, il labourait et voiturait. Les forces parfois lui manquaient, mais il était plein de bonne volonté. Toujours gai, il se taisait quand on se moquait de lui, ou bien il riait lui-même. Grondé par son père, il ne répondait pas et écoutait. Et, aussitôt la réprimande terminée, il souriait et reprenait le premier travail venu.

Aliocha avait dix-neuf ans quand son frère partit au régiment et son père voulut lui faire prendre la place que l'aîné laissait vacante. On lui donna les vieilles bottes du frère, le bonnet du père, un vieux gilet et on le mena à la ville. Il était enchanté de son nouveau costume ; mais le marchand ne fut point satisfait de son aspect.

— Je pensais que tu allais m'amener un homme, dit-il au paysan, et tu m'as amené une nouille ! À quoi peut-il être bon ?

— Il peut tout faire. Il sait atteler et conduire. Il travaille comme quatre. C'est vrai qu'à le voir on dirait un morceau de bois, mais il a du nerf.

— Bien, je vais voir cela.

— Et ce qui est mieux, il n'est pas insolent... et travailleur !

— Alors, laisse-le-moi.

Et Aliocha resta chez le marchand.

La famille de celui-ci n'était pas nombreuse : la patronne, la vieille mère, le fils aîné, marié, mais travaillant au magasin avec son père. Le second était un savant ; il avait fait ses études au lycée et suivi les cours de l'Université, dont on venait de le chasser. Aussi vivait-il chez son père.

Les débuts furent durs. Aliocha ne plaisait à personne, car il était vraiment trop rustre, mal habillé, sans aucune bonne manière, tutoyant tout le monde. Puis, peu à peu, on s'était habitué à lui. Il accomplissait son service mieux que son frère, ne répondait jamais aux réprimandes. Il faisait tout ce qu'on voulait, passant sans arrêt d'une tâche à l'autre. Aussi, comme ç'avait été dans la maison paternelle, toutes les tâches retombaient sur lui, et plus il travaillait, plus il avait à faire. La patronne, la vieille mère, et la fille, et le fils, et le commis, et la cuisinière, tout le monde trouvait à l'employer. Et tout au long du jour on n'entendait que :

— Cours un peu là, frère !

Ou bien :

— Aliocha, arrange un peu ça.

— Aliocha, as-tu oublié de faire cela ?

— N'oublie pas de le faire, Aliocha !

Et Aliocha courait, arrangeait, n'oubliait rien, faisait tout... et souriait.

Les bottes du frère furent vite usées et le marchand le gronda à la vue des pieds qui sortaient des chaussures. Aussi lui en fit-il acheter de neuves au marché. Aliocha se réjouissait de ses bottes neuves, mais ses pieds étaient plus vite fatigués et comme, chaque soir, ils lui faisaient très mal, il regretta cette dépense. Il craignait, en outre, que le père, en venant toucher l'argent du mois, ne se mît en colère à cause de la retenue faite sur ses gages.

L'hiver, il se levait avant l'aube, coupait du bois, balayait la cour, donnait à manger et à boire à la vache et au cheval. Puis il allumait les poêles, cirait les chaussures, préparait les samovars. Ensuite c'était le commis qui l'appelait pour sortir les marchandises, puis la cuisinière pour préparer la pâte et nettoyer les casseroles. Dans la journée, il y avait toujours des courses en ville : porter une lettre, aller au lycée chercher la fille du patron, prendre chez le pharmacien des remèdes pour la vieille mère.

— Où disparais-tu, maudit ? criait tantôt l'un, tantôt l'autre.

— Ce n'est pas la peine que vous y alliez vous-même, Aliocha va y aller.

— Aliocha, cours vite.

Et Aliocha courait.

Il déjeunait tout en marchant et rarement arrivait à dîner en même temps que les autres. La cuisinière le grondait sans cesse, mais elle le plaignait au fond et lui gardait toujours au chaud de quoi dîner et souper.

C'est surtout aux fêtes qu'il avait beaucoup de travail. Mais Aliocha s'en réjouissait, car, ces jours-là, il avait des pourboires. Pas beaucoup, il est vrai ; mais il arrivait à se faire soixante kopecks ; c'était son argent à lui et il pouvait le dépenser comme il voulait. Car pour ses appointements, il n'en voyait pas la couleur : le père arrivait, prenait l'argent chez le marchand et grondait Aliocha d'avoir si vite détruit ses vieilles bottes.

Quand il eut ramassé deux roubles de pourboire, il s'acheta, sur les conseils de la cuisinière, une veste rouge, et, en l'endossant, il ne pouvait se tenir de contentement.

Aliocha parlait peu et, quand il parlait,

c'était toujours très brièvement. Lui demandait-on de faire quelque chose, ou s'il pouvait le faire, il répondait invariablement :

— Mais oui, je le fais.

Les prières que sa mère lui avait apprises étaient oubliées depuis longtemps. Aussi chaque matin et chaque soir, il priait mentalement, en faisant de nombreux signes de croix.

Il vécut ainsi un an et demi et, vers la fin de la seconde année, il lui arriva une histoire extraordinaire. À son grand étonnement, il apprit qu'à côté des relations mutuelles entre hommes, il en existe d'autres : c'est-à-dire que, en plus des services rendus, cirer les chaussures, faire des commissions, atteler un cheval, un homme pouvait encore avoir un rôle dans la vie : être l'objet de la part d'une autre personne d'une sympathie toute désintéressée. Et lui, Aliocha, pouvait être celui-là, celui pour lequel on éprouve un tendre sentiment. Il apprit cela de la cuisinière Justine.

C'était une petite orpheline, toute jeune et aussi travailleuse que lui. Elle eut de la pitié pour Aliocha, qui sentit pour la première fois que, non son aide, mais lui-même, était nécessaire à une autre créature. Quand sa mère l'avait plaint naguère, il ne l'avait pas remarqué, car il était persuadé que c'était dans l'ordre des choses, comme s'il s'était plaint lui-même. Mais, ici, voilà que Justine, qui pourtant lui était étrangère, le plaignait aussi. Elle lui laissait du gruau au beurre dans une écuelle et quand il mangeait, elle, le menton appuyé sur sa main, le regardait. Et tous deux se mettaient à rire.

Tout cela était si nouveau et si étrange qu'Aliocha s'en effraya d'abord. Il comprit que cela l'empêcherait de servir comme il avait servi jusque-là. Il en était content cependant, et, regardant un pantalon raccommodé par Justine, il remuait la tête et souriait. Souvent, pendant son travail, ou dans ses courses, il pensait à elle et disait :

— Ah ! la la ! cette Justine !

La servante l'aidait comme elle pouvait et lui ne restait pas en arrière. Un jour, elle lui raconta sa vie, comment elle était devenue orpheline, comment elle avait été recueillie par sa tante, comment elle avait été envoyée en ville, comment le fils du marchand lui avait fait des propositions et comment elle l'avait renvoyé avec fracas. Elle aimait à parler, et Aliocha éprouvait un plaisir inconnu à l'écouter.

Il avait entendu dire que souvent, en ville, les domestiques épousent des cuisinières, et, comme elle lui demandait un jour si on n'allait pas bientôt le marier, il répondit qu'il ne savait pas, mais qu'il ne voulait pas d'une paysanne.

— Qui as-tu en vue ? demanda-t-elle.

— Je te prendrais bien, si tu voulais.

— Sacré pot ! pot ! comme il s'y prend ! dit-elle en le tapant de sa serviette... Et pourquoi pas ?

Pendant le carnaval, le père vint en ville pour chercher l'argent. Ayant appris qu'Aliocha désirait épouser Justine, la femme du marchand montra du mécontentement et dit à son mari :

— Et si elle devient enceinte, elle ne servira plus !

Le patron paya le père.

— Eh bien ! comment travaille-t-il, le mien ? Je t'avais prévenu qu'il n'était pas insolent, dit le vieux.

— C'est vrai, mais il songe à des bêtises. Il veut épouser la cuisinière. Mais cela ne me plaît pas de garder des gens mariés.

— En voilà un imbécile ! s'écria le père. N'y songe pas. Je lui défendrai d'en rien faire.

Ayant dit, le vieux alla à la cuisine et attendit son fils. Aliocha revint de courses, tout essoufflé.

— J'avais cru que tu étais raisonnable et voilà ce que tu as encore inventé.

— Moi ? Rien.

— Comment ? rien ? Tu veux te marier. Quand il sera temps, je te ferai épouser une femme de mon choix et non une traînée de la ville.

Le père parla longtemps. Aliocha l'écoutait en poussant de temps en temps des soupirs. Quand le vieux eut terminé, le fils sourit.

— Eh bien ! laissons cela.

— Bien sûr.

Quand le père fut parti et que son fils resta seul avec Justine qui avait écouté derrière la porte, il lui dit :

— Notre affaire ne va plus. Tu as entendu. Il se fâche et ne permet pas.

Elle pleura, le visage dans son tablier.

Aliocha claqua de la langue.

— Je ne peux pas lui désobéir. Il faut donc nous quitter.

Le soir, quand la marchande l'appela pour fermer les volets, elle lui demanda :

— Eh bien ! as-tu obéi à ton père ? As-tu cessé tes bêtises ?

— Bien sûr, que j'ai cessé.

Et Aliocha se mit à rire, et aussitôt pleura.

Depuis ce jour-là, il ne parlait plus mariage avec Justine. Quelques jours après, le commis l'envoya enlever la neige qui était sur le toit. Il y grimpa, nettoya tout, déboucha les gouttières gelées. Son pied glissa et il dégringola, tenant toujours sa pelle. Dans son malheur, il tomba sur le perron recouvert de fer. Justine accourut et derrière elle la fille du patron.

— Tu t'es fait mal, Aliocha ?

— Allons donc, ce n'est rien.

Il voulut se lever, mais ne put et se mit à sourire.

On le porta dans la maison du portier et l'on fit venir un infirmier, qui l'ausculta et lui demanda où il souffrait.

— J'ai mal partout, mais ce n'est rien. Mais c'est le patron qui va se fâcher ! Il faudra écrire au père.

Aliocha resta couché deux jours et, le troisième, on envoya chercher le pope.

— Alors, quoi ? Tu vas mourir ? demanda Justine.

— Il faut bien : on ne peut pas vivre toujours. Il faut que ça arrive un jour, répondit Aliocha. Merci, Justine, d'avoir eu pitié de moi. Il vaut peut-être mieux qu'on ne m'ait pas permis de t'épouser : maintenant, tout est bien...

Quand le pope fut venu, il pria avec lui, des mains et du cœur. Et, dans son cœur, il y avait cette pensée : qu'ici-bas régnait le bonheur pour ceux dont la vie n'était que résignation et bonté, et que, là-haut, ce serait la même chose, sans doute, et qu'on y serait bien.

Il parlait très peu, comme d'habitude. Il demandait sans cesse à boire et s'étonnait devant quelque chose...

Il s'étonna..., s'allongea, et mourut.

1905.

LE RÉVEILLON DU JEUNE TSAR

Il venait de prendre le pouvoir. Depuis cinq semaines, il travaillait de son travail de tsar, écoutait des rapports, signait des papiers, recevait des ambassadeurs ou de hauts fonctionnaires et passait des troupes en revue. Il se sentait fatigué et, comme un voyageur exténué par la chaleur désire de l'eau et du repos, il aspirait à une journée sans réception, sans discours, sans revue, à quelques heures de liberté et de simple vie humaine qu'il aurait pu passer auprès de sa jeune femme, intelligente et belle, épousée seulement depuis un mois.

C'était le jour du réveillon et le jeune tsar s'était arrangé pour avoir sa soirée libre. La veille, il avait travaillé tard dans la nuit pour liquider les affaires ministérielles. Dans la matinée, il avait assisté à un service religieux ; puis, sans intervalle, à une fête militaire, que suivirent quelques audiences. Il écouta ensuite les rapports de quatre ministres et approuva certaines conclusions. Le ministre des finances lui fit accepter un nouveau tarif des droits de douane qui devait donner quelques millions de plus. Le même ministre lui avait fait signer un décret accordant le monopole de l'alcool à certains pays de l'empire, ainsi que le droit de vente des spiritueux dans les grands villages, ce qui augmenterait aussi le revenu de l'État. Enfin, il autorisa un nouvel emprunt d'or, indispensable à la conversion.

Le ministre de la justice lui soumit une affaire compliquée, concernant l'héritage des barons Schatten-Schnieder, ainsi que le règlement concernant l'application de la loi sur le vagabondage.

Avec le ministre de l'intérieur, il donna son adhésion à la circulaire concernant les impôts non perçus, signa un ukase sur les mesures à prendre contre les sectes, et un autre sur celles propres à assurer la sûreté de l'État.

Enfin, vint le ministre de la guerre qui lui demanda de contresigner la nomination d'un général commandant de corps d'armée, ainsi qu'un règlement concernant l'appel des conscrits et différentes mesures disciplinaires.

La liberté ne lui fut rendue que pour dîner. Mais ce n'était qu'une liberté partielle, car il recevait divers fonctionnaires avec lesquels il ne pouvait parler de ce qui l'intéressait, mais seulement de ce qui était nécessaire.

Le dîner ennuyeux enfin terminé, les convives partirent et la jeune tsarine regagna ses appartements pour quitter sa robe d'apparat, promettant de venir aussitôt retrouver son époux.

Entre deux rangées de valets droits comme des piquets, le jeune tsar passa dans sa chambre, quitta sa lourde tunique et, endossant une vareuse, ressentit, avec la joie de la libération, comme un attendrissement qui lui serait venu d'une vie heureuse, tranquille et saine, et de la jeunesse de son amour.

Il s'étendit sur un divan et, la tête appuyée sur sa main, il contempla le verre dépoli qui protégeait la lampe.

Bientôt, il ressentit ce qu'il n'avait pas éprouvé depuis son enfance : la joie de s'endormir.

— Non, je ne veux pas, car ma femme va venir, songea-t-il.

Puis il plaça sa joue sur sa paume, s'étendit et se sentit si bien qu'il ne désirait qu'une chose : qu'on ne vînt pas le troubler. Et il lui arriva ce qui arrive à chacun de nous : il s'endormit sans le savoir, passant, contre sa volonté, de la veille au sommeil.

Avait-il dormi longtemps ? Il ne le savait pas. Mais, soudain, une main placée sur son épaule le réveilla.

— C'est elle, ma chérie. Mais c'est honteux d'avoir dormi ainsi.

Pourtant ce n'était pas elle. Devant ses yeux clignotants se tenait non celle qu'il attendait et désirait, mais Lui. Le jeune tsar ne le connaissait pas, ne l'avait jamais vu ; mais il n'était pourtant pas étonné de le voir. Il sentit qu'il le connaissait depuis longtemps et qu'il l'aimait, et croyait en Lui autant qu'en lui-même.

Il avait attendu sa femme aimée, et, à sa place, était venu Quelqu'un qu'il n'avait jamais vu. Et, cependant, le jeune homme, loin de s'en effrayer ou de s'en attrister, considérait cela comme tout naturel.

— Partons, dit l'Inconnu, de sa voix sans timbre.

— Oui, partons, dit le jeune tsar qui, sans savoir où il allait, savait pourtant qu'il devait obéir.

— Et comment ferons-nous pour sortir ? demanda-t-il.

— C'est très simple.

Et l'Inconnu ayant placé sa main sur la tête du tsar, celui-ci perdit aussitôt conscience de lui-même.

En s'éveillant, il se vit dans la campagne immense. À droite s'alignaient des champs de pommes de terre, des betteraves gelées et mises en tas, les nouvelles semailles d'hiver. Au loin, sur un ciel gris, pointaient les toits rouges d'un village. À gauche s'étalaient des champs, des blés d'automne et des chanvres. Puis une longue ligne de poteaux-frontière. Le long de cette ligne se promenait la silhouette noire d'un homme, le fusil sur l'épaule, un chien sur les talons.

Tout près de l'endroit où se trouvait le tsar, et presque à ses pieds, un jeune soldat russe était assis. Il portait l'uniforme bordé de vert des gardes-frontière et, certainement, ne voyait ni le souverain, ni son compagnon. Son fusil entre les jambes, il roulait une cigarette.

— Où sommes-nous ? demanda le tsar.

— Sur la frontière de Prusse, répondit l'autre.

Brutal, un coup de fusil retentit au loin. Le soldat se dressa et vit deux silhouettes d'hommes courbés en deux qui arrivaient en courant, cherchant à s'effacer. Il fourra vivement sa cigarette dans sa poche et poursuivit les fuyards.

— Arrêtez, ou je tire ! cria-t-il.

Et, n'obtenant pour réponse qu'une insulte, il s'arrêta, plaça son pied gauche en avant, mit en joue et tira.

— C'est de la poudre sans fumée, pensa le tsar, qui n'avait entendu aucun son et regardait maintenant un des fuyards se courber davantage, tomber à quatre pattes, ramper et enfin s'arrêter. Son camarade se pencha sur lui, ramassa quelque chose et reprit sa course.

— Qu'est-ce donc ? demanda le souverain.

— Ce sont les gardes-frontière qui font respecter la loi sur la contrebande. Cet homme a été tué parce qu'il causait un dommage aux bénéfices de l'État.

— Est-il mort ?

L'Inconnu toucha encore une fois la tête du tsar. Et, lorsqu'il s'éveilla à nouveau, il se vit dans une petite chambre au milieu de laquelle, sur le plancher, gisait le cadavre d'un homme. Son grand nez busqué, sa petite barbiche grisonnante pointaient en l'air. Et ses yeux, très gros, gonflaient les paupières closes. Ses mains croisées, ses pieds nus aux gros orteils sales, tout cela produisait un effet nouveau pour le tsar. Une blessure béait au côté ; le vêtement déchiré et la chemise bleue étaient couverts de sang coagulé. Une femme, la figure presque entièrement couverte d'un fichu, se tenait le long du mur, fixant de ses yeux immobiles le nez busqué, les orteils sales qui pointaient en l'air et les grosses paupières du cadavre. Une fillette de treize ans, remarquablement belle, ouvrait largement la bouche, et un garçonnet plus jeune se cramponnait à la jupe de la mère, regardant de ses yeux hébétés.

Alors, sur le seuil, apparurent quelques hommes. Ce fut d'abord un fonctionnaire en uniforme, puis un officier, puis un médecin. Après eux marchait un scribe, tenant une liasse de papiers. Et, derrière tout ce monde, le jeune soldat qui venait de tuer. Il entra d'un pas délibéré, mais, à la vue du cadavre, il devint tout pâle, baissa la tête et se tut.

Quand le fonctionnaire lui eut demandé si c'était bien là l'homme qui avait voulu franchir la frontière, il ne put répondre que par un bredouillement. Ses lèvres tremblaient, et il dit « Oui », sans ajouter même le sacramentel « Votre Haute Noblesse ».

. . . .

Et voici les brillants résultats de l'affaire.

Dans une chambre luxueuse, mais sans goût, deux hommes étaient assis devant une bouteille : l'un, vieux et gris ; l'autre, un jeune juif. Une liasse de billets à la main, le jeune discutait pour avoir à bas prix la marchandise de contrebande.

— Ça ne vous a pourtant pas coûté cher, dit-il en souriant.

— Vous comptez sans les risques...

. . . .

— Partons, dit l'Inconnu...

Cette fois-ci ce fut une petite chambre, éclairée par une lampe à abat-jour. Une femme, assise devant une table, cousait ; un garçonnet dessinait et un étudiant lisait à haute voix.

Le père et la fille entrèrent dans la pièce...

(— Tu viens de signer le décret sur le monopole, dit l'Inconnu...)

— Eh bien ? fit la femme.

— Je ne crois pas qu'il vive.

— Mais pourquoi ?

— On l'a saoulé avec de l'eau-de-vie.

— C'est impossible, s'écria l'étudiant, il n'a que neuf ans.

— Qu'as-tu ordonné ? demanda la femme.

— J'ai fait ce que j'ai pu ; j'ai administré un vomitif et j'ai appliqué des compresses de farine de moutarde. Mais il avait tous les symptômes de la plus forte intoxication.

— Ils étaient tous ivres dans la maison, dit la fille.

— Et ta société de tempérance ? dit l'étudiant.

— Que veux-tu faire ? Papa voulait faire fermer le débit, mais la loi, paraît-il, s'y oppose. Mieux que ça, comme je disais à Hermiline qu'il était honteux d'enivrer ainsi le peuple, il me répondit avec fierté, devant tout le monde :

— Et la patente, avec l'Aigle de Sa Majesté. Si l'affaire était mauvaise, il n'y aurait pas d'ukase.

— C'est terrible : voilà trois jours que tout le village est ivre. C'est fête ! Et il est effrayant de songer que tout ce qui a un pouvoir, les fonctionnaires, le tsar répandent l'ivrognerie. On boit partout, on porte des toasts.

« Je bois à la santé du régiment ! »

Les popes et les archevêques boivent...

... Et, à nouveau, un oubli...

. . . .

Une isba. La figure presque violette, les yeux révulsés, un moujik de quarante ans tapait furieusement sur la figure d'un vieillard. Celui-ci se couvrait d'un bras et, se cramponnant à la barbe de l'autre, ne voulait pas la lâcher.

— Tu frappes ton père !

— Ça m'est égal. J'irai en Sibérie, mais je veux te tuer.

Les femmes hurlaient. Les autorités, ivres

également, pénétraient dans la pièce pour séparer les combattants.

L'un avait la barbe arrachée, l'autre un bras cassé. Dans l'entrée, la fille, ivre aussi, se donnait à un vieux moujik encore plus ivre.

— Mais ce sont des bêtes féroces, dit le jeune tsar.

— Non, ce sont des enfants.

. . . .

Le spectacle changea. Le jeune tsar se vit dans le prétoire d'un juge de paix. Celui-ci, gros, chauve, une chaîne d'or au cou, lisait le verdict à une femme à moitié endormie...

Puis ce fut une bastonnade dans une prison de Sibérie, résultat direct de l'ukase sur le vagabondage...

Une famille juive, qu'on chasse de son lieu de séjour, parce qu'elle est pauvre, alors qu'on y laisse une autre famille riche qui vient de donner de l'argent au maître de police...

Le jeune tsar assista ensuite à la perception des impôts, à la vente de la vache d'un pauvre paysan, alors que le riche marchand, qui ne paye pas ses taxes, se libère par des pots-de-vin au percepteur...

... Puis le tribunal rural, et, comme résultat, les verges à un vieux paysan :

— Élie Vassilievitch, ne pourrait-on pas remettre mon châtiment ?

— Non.

Le vieux paysan pleura.

— Le Christ a souffert et nous a ordonné de souffrir...

... Ce fut encore la chasse aux sectaires. Et l'ordonnance pour un voyage du tsar : les paysans demeurant des heures entières, dans la boue, dans la neige, sans manger, pour l'acclamer.

... Et le décret sur les institutions philanthropiques de l'impératrice Marie dont le résultat imprévu fut seulement l'excitation à la débauche et la perversion répandues parmi les jeunes filles...

... Et combien d'autres spectacles vit le jeune tsar : la conscription qui prive les familles de leur soutien ; les femmes des soldats avec leur dépravation ; les soldats avec leur syphilis, les bataillons de discipline où l'on bâtonne jusqu'à la mort, où l'on verse du sel dans les plaies ; les officiers qui volent l'argent des soldats et le perdent aux cartes...

... Le niveau de misère du peuple, des enfants scrofuleux, des tribus entières d'aborigènes disparaissant ; dans l'isba, les animaux pêle-mêle avec les hommes ; le travail continuel, la soumission et l'abattement ! Et voici les ministres, les gouverneurs ; partout, la concussion, l'orgueil, l'envie et le désir d'être craint.

— Et où sont les hommes ? demanda le tsar.

— Les voilà dans l'exil, solitaires et courroucés ; aux travaux forcés, où l'on bâtonne les femmes ; dans les cellules où elles s'affolent et où l'on abandonne les filles pubères aux soldats.

Ils sont ainsi des centaines de mille, et des meilleurs. Les uns, perdus par une fausse éducation, les autres, que l'on a volontairement pervertis, car l'État a besoin de pervers. Et c'est ainsi que se perd tout ce qui est jeune, l'espoir du monde. Mais malheur à celui qui sacrifie toute cette claire jeunesse ! Et tout cela est sur ta conscience, car, en ton seul nom, on corrompt des millions d'êtres sur lesquels s'étend ton pouvoir.

— Que dois-je faire ? s'écria le tsar désolé !

Je ne voudrais pourtant pas torturer, bâtonner, tuer et dépraver les gens. Je veux leur bien. Si j'aspire au bonheur, je ne le désire pas moins pour les autres. Suis-je donc vraiment responsable de tout ce qui se fait en mon nom ? Que faire ? Que faire ? répétait-il. Comment m'affranchir de cette responsabilité ? Si je me sentais, seulement pour un centième responsable de tous ces crimes inhérents à l'autorité qui est dans mes mains, je me tuerais. Mon Dieu, que faire ?

À ces mots, il s'éveilla tout en larmes.

— Quel bonheur, ce n'était qu'un rêve ! Telle fut sa première pensée.

Mais quand il eut souvenir de tout ce qu'il avait vu et l'eut comparé avec la réalité, il vit que la question n'en avait pas moins d'importance. Et, pour la première fois, le sentiment de cette réalité qui pesait sur lui se fit sentir dans toute son horreur.

Dans son angoisse, il se leva et pénétra dans la chambre voisine. Il vit un vieux courtisan, ami de son défunt père, qui parlait avec la jeune tsarine. Le souverain s'approcha et dit au vieillard ce qu'avait été son rêve, ainsi que ses doutes.

— Tout cela est très bien et prouve la grandeur infinie de votre âme. Mais veuillez m'excuser si je vais droit au but : vous êtes trop bon, pour être tsar, et vous exagérez votre responsabilité. D'abord tout n'est pas comme vous vous le représentez : le peuple n'est pas pauvre, mais, au contraire, vit dans l'aisance, et celui qui est pauvre n'a qu'à s'en prendre à lui-même. On punit les coupables et, s'il y a parfois des erreurs, c'est, comme quand tombe la foudre, le hasard ou la volonté de Dieu. Vous ne devez qu'exécuter courageusement votre devoir, en gardant le pouvoir qui vous fut donné. Vous voulez le bien de vos sujets et Dieu, qui le voit, vous guidera et vous pardonnera les fautes involontaires. Et il n'y aura rien à pardonner, car des hommes possédant d'aussi éminentes vertus que vous et votre vénéré père, il n'y en a pas d'autres et il n'y en aura plus jamais. Et c'est pour cela que nous vous demandons une chose : vivez et répondez à notre amour et à notre dévouement sans bornes. Et alors tous — sauf les vauriens indignes de bonheur — seront heureux.

— Et toi, qu'en penses-tu ? demanda le tsar à sa femme.

La jeune femme, intelligente — et élevée dans un pays libre, — répondit :

— Je ne pense pas de même. Je suis heureuse que tu aies eu ce rêve. Car, ainsi que toi, je sens toute l'horreur de ta responsabilité. Et cette idée me fait souffrir cruellement. Il me semble pourtant qu'il y a un moyen, sinon de te délivrer de tout ce poids, mais au moins de ce qui dépasse tes forces. Il faudrait remettre une partie de ton pouvoir au peuple et à ses représentants, tout en gardant cette parcelle de pouvoir qu'exige la direction générale des affaires.

À peine eut-elle terminé que le vieux courtisan s'empressait de la contredire, en engageant une discussion correcte, mais acharnée.

Le jeune tsar leur prêta d'abord attention. Puis, entendant la seule voix du Compagnon de son rêve qui parlait haut dans son cœur, il ne les écouta plus.

— Tu es non seulement tsar, disait cette voix, mais tu es encore un homme, c'est-à-dire un être venu au monde aujourd'hui et qui demain peut disparaître. Outre des devoirs de tsar, dont te parlent ceux-ci, tu as un devoir beaucoup plus direct et irrécusable, non celui d'un tsar devant ses sujets, ce qui est accidentel, mais des devoirs éternels : le devoir devant Dieu et le devoir devant ton âme. Tu dois servir Dieu et contribuer à établir son règne en ce monde. Tu ne peux agir d'après ce qui fut et ce qui sera, mais uniquement d'après la parole de Dieu.

. . . .

Il s'éveilla alors vraiment et vit sa femme à ses côtés. On nous dira, dans cinquante ans, laquelle des trois voies... avait choisie le jeune tsar.

1894.

AINSI MEURT L'AMOUR

Donc, selon vous, l'homme serait incapable de discerner le bien du mal. Vous allez même jusqu'à prétendre que l'être dépend du milieu où il vit, milieu qui finit par l'absorber totalement. Or, moi je pense qu'ici-bas tout n'est qu'effet du hasard et, pour vous le prouver, laissez-moi vous conter une aventure de ma vie.

Telles furent les paroles que prononça Ivan Vassilievitch, dans une conversation entre amis. Cette conclusion était amenée par nos affirmations sur l'impossibilité de changer l'individu sans transformer le milieu dans lequel il évolue.

En réalité, nul de nous n'avait dit que l'homme ne pouvait distinguer le bien du mal, mais c'était une habitude chez Ivan Vassilievitch de répondre aux pensées que lui suggérait la conversation. Ainsi il oubliait fréquemment la cause de son intervention et, avec d'infinies digressions, il nous contait un des épisodes de sa propre existence. Et c'étaient toujours de beaux récits, vivants, sincères et colorés.

— Je vais donc encore une fois vous parler de moi, dit-il ce soir-là, et vous verrez que ma vie s'est trouvée lancée dans une voie nouvelle, non par l'influence du milieu, mais par quelque chose de totalement différent.

— Et par quoi donc ? demanda l'un de nous.

— C'est une histoire bien longue et, pour la comprendre, il vous faudrait l'écouter d'un bout à l'autre.

— Contez-nous donc cette histoire, cher ami.

Ivan Vassilievitch sembla se plonger dans ses pensées, puis hochant la tête :

— Parfaitement, dit-il enfin, ma vie entière fut changée en une nuit ou plutôt en une matinée.

— Que vous était-il donc arrivé ?

— Une chose bien simple. J'étais très

amoureux. Je l'avais été souvent dans ma vie, mais cette fois-là c'était plus sérieux que jamais. Aujourd'hui que cette affaire est bien terminée et que l'objet de mon amour passé est mère de deux filles à marier, je puis bien vous la nommer : c'était Varinka B... Vous la connaissez tous et vous savez qu'à cinquante ans elle est très belle encore : mais ses dix-huit ans étaient délicieux. Grande, mince, imposante et gracieuse à la fois. Elle se tenait droite, portait la tête haute, toute l'allure d'une reine, encore qu'elle fût, pour dire vrai, un peu maigre. Devant son air majestueux, on eût pu la croire inaccessible ; mais son sourire toujours gai et cordial, ainsi qu'une lueur de douceur juvénile dans ses yeux, attiraient irrésistiblement.

— Vous savez faire de belles peintures, Ivan Vassilievitch !

— J'aurais beau essayer de la décrire, jamais vous ne parviendrez à savoir combien elle était belle. Mais l'affaire n'est pas là. Ce que je veux vous conter se passait vers 1840. J'étais à cette époque étudiant dans une université de province. Je ne sais si cela était mieux ou plus mal, mais de notre temps, il n'y avait dans nos hautes écoles, ni cercles clandestins, ni théories politiques. On était simplement jeunes et on vivait avec les joies naturelles à la jeunesse. L'étude et le plaisir nous suffisaient.

J'étais alors un garçon très gai, très avenant et au surplus riche. Je possédais un beau cheval qui trottait l'amble, je menais les jeunes filles sur des montagnes russes (les patins n'étaient pas encore à la mode) ; je faisais la noce avec les camarades (en ce temps-là nous ne buvions que du champagne ; si l'on n'avait pas d'argent, on ne buvait pas, mais jamais de vodka comme aujourd'hui.)

Mon amusement favori c'étaient les bals et les soirées. Je dansais bien et n'étais pas trop laid.

— Allons, ne faites pas le modeste, interrompit une dame. Nous avons vu votre portrait et nous savons que vous étiez un fort joli garçon.

— Joli garçon ou non, l'affaire n'est pas là. Mais, voici : au moment où mon amour arriva au point culminant, j'assistai avec Varinka à un bal chez le maréchal de la noblesse, un vieillard fort bon, accueillant, riche et chambellan de l'empereur. Nous étions au dernier jour du carnaval. Notre hôtesse, la maréchale, aussi bonne que son mari, recevait largement. C'était une belle femme, déjà âgée. Sa robe de velours couleur puce découvrait de magnifiques épaules blanches et rondes et une superbe gorge comme on en voit sur les portraits d'Élisabeth Petrovna ; un diadème de brillants ornait son front.

Le bal était splendide. Une salle immense. Sur la galerie, un orchestre célèbre composé de serfs d'un propriétaire terrien très amateur de musique. Un riche buffet et une véritable mer de champagne. Bien que j'aime le champagne, je n'en buvais pas ce soir-là, car j'étais ivre d'amour. Mais, en revanche, je dansais jusqu'à tomber, des valses, des polkas et, bien entendu, presque toujours avec Varinka. Elle portait une robe blanche avec une ceinture rose. Ses longs gants blancs arrivaient jusqu'à ses coudes un peu maigres et des petits souliers de satin la chaussaient.

Comme j'étais arrivé un peu tard, ayant dû aller acheter des gants chez le coiffeur, le maudit ingénieur Anisimov m'avait volé la *mazurka*.

Et, jusqu'à présent, je ne lui ai pas pardonné.

Aussi, l'avais-je dansée avec une petite Allemande à laquelle je faisais quelque peu la cour. Mais je crains bien de n'avoir guère été galant ce soir-là avec elle, car je ne lui parlais pas, je ne la regardais pas et tout mon être allait vers la belle apparition en robe blanche et ceinture rose, au visage excité par la danse, vers ses fossettes charmantes et ses beaux yeux tendres.

Et je n'étais pas seul à la contempler, car tous, hommes et femmes, l'admiraient sans jalousie, bien qu'elle éclipsât tout le monde. D'ailleurs, était-il possible de ne pas l'admirer !

Selon les convenances, dira-t-on, je n'eusse pas dû danser sans cesse avec elle. En réalité, je ne fis que cela toute la soirée. Dans les figures où la dame choisit son danseur, sans se gêner, elle traversait la salle pour venir près de moi. Je me levais en attendant et elle, d'un sourire, me remerciait de ma perspicacité. Quand une figure se terminait par une valse, je dansais longuement avec elle, et, tout essoufflée, elle murmurait : *encore*. Et je ne sentais plus mon corps.

— Allons, ne dites pas ça. Non seulement vous sentiez le vôtre, mais encore le sien, dit un des convives.

Ivan Vassilievitch s'empourpra et s'écria presque en colère :

— Voilà où vous en êtes, vous, la jeunesse d'aujourd'hui. Vous ne voyez rien d'autre que le corps. Jadis, nous n'étions pas ainsi. Plus j'aimais, plus elle devenait pour moi immatérielle. Maintenant vous voyez des pieds, des chevilles et vous déshabillez par la pensée les femmes que vous aimez. Pour moi, comme le disait Alphonse Karr, un excellent écrivain celui-là, l'objet de mon amour avait des vêtements de bronze. Nous autres, comme les bons fils de Noé, nous couvrions la nudité. Mais vous ne comprenez rien à tout cela.

— Ne l'écoutez pas et continuez, dit un de nous.

— Pendant que nous dansions, le temps passait sans qu'on s'en fût aperçu. Avec une énergie farouche les musiciens raclaient le même air. En attendant le souper, les papas et les mamans abandonnaient les tables de jeu. Il était trois heures du matin. Il fallait jouir des derniers moments.

— Alors, après le souper, c'est mon quadrille, dis-je en la reconduisant.

— Bien sûr, si on ne m'enlève pas, dit-elle en souriant.

— Je ne le permettrai jamais.

— Donnez-moi donc mon éventail.

Je le lui rendis avec regret. Elle en arracha une plume et me la tendit.

— Un souvenir, dit-elle.

Je pris la plume et ne pus exprimer ma gratitude et mon enchantement autrement que par un regard. J'étais non seulement gai et content, mais j'étais heureux, j'étais bon, je n'étais plus moi-même, mais un être supraterrestre, uniquement capable de bien. Je cachai la plume dans mon gant n'ayant même plus la force de quitter Varinka.

— Regardez, on demande à papa d'aller danser, dit-elle en montrant son père, le colonel qui, en grand uniforme, se tenait devant la porte en compagnie de quelques dames.

— Varinka, venez ici, dit l'hôtesse.

Mon aimée se leva et je la suivis.

— *Ma chère*, demandez à votre père de danser avec vous. Allons, Pierre Vassilievitch, je vous en prie, dit-elle en s'adressant au colonel.

Le père de Varinka était un beau vieillard, grand, frais et d'une stature majestueuse. Sa figure était rose, avec des moustaches blanches à la Nicolas Ier, des favoris blancs les rejoignant et des accroche-cœur aux tempes. On retrouvait en lui le même sourire joyeux, des yeux et de la bouche, qu'on aimait en sa fille. Il était d'une très belle prestance, large d'épaules, la poitrine bombée, ornée de rares décorations. Type du vieux soldat de Nicolas Ier, il servait en qualité de simple colonel de recrutement.

Quand nous nous approchâmes de la porte, le colonel refusait en disant qu'il avait désappris la danse. Mais, malgré cela, souriant, il retira son épée et la tendit à un jeune homme serviable. Puis il mit un gant blanc tout en disant : « Il faut tout faire selon l'ordonnance », et, tendant la main à sa fille, il se plaça en attendant le signal.

Aux premières mesures, il frappa gaiement le parquet d'un pied, lança la jambe, et son grand corps pesant s'ébranla, tantôt lentement et majestueusement, et tantôt avec fougue dans un bruit de talons, en tournant autour de la salle. La gracieuse figure de Varinka semblait planer auprès de lui, allongeant ou raccourcissant insensiblement les pas de ses petits pieds chaussés de satin. La salle entière suivait les mouvements du couple. Non seulement je les admirais, mais je les contemplais avec des transports de tendresse. Ce qui me frappa encore, ce furent les chaussures du père, de bonnes chaussures de chevreau, certes pas à la mode, de forme carrée, à talons plats et qu'on devinait confectionnées par le cordonnier régimentaire. Pour habiller et sortir sa fille bien-aimée, il ne peut s'offrir des chaussures à la mode, songeai-je, et les bouts carrés m'attendrissaient.

On voyait bien que jadis il avait été un beau et bon danseur, mais maintenant il était alourdi et n'avait plus l'agilité nécessaire pour les pas vifs et jolis qu'il cherchait à exécuter. Il fit cependant deux fois le tour de la salle. Quand, soudain arrêté, il se mit sur un genou devant sa fille et quand celle-ci, souriante et faisant la révérence, tourna autour de lui, toute la salle applaudit. Alors, avec un effort visible, il se releva, la prit aux oreilles et lui donna un grand baiser sur le front. Puis il la conduisit vers moi, qu'il croyait être son danseur. Je répondis que je n'étais pas son cavalier.

— Ça ne fait rien, dansez avec elle, dit-il en souriant, et en reprenant son épée.

Comme il arrive d'une bouteille de champagne débouchée et dont une goutte est déjà versée, de même tout mon amour pour Varinka s'épandit dans mon âme, lui révélant sa capacité d'affection. Cet amour embrassait l'univers entier. J'aimais l'hôtesse avec son diadème et ses épaules « à l'impératrice Élisabeth », son mari, les hôtes, même les valets, même l'ingénieur Anisimov qui avait l'air de m'en vouloir sérieusement. Quant au père de mon aimée, avec ses chaussures à bouts carrés, et son sourire qui semblait celui de sa fille, j'éprouvais pour lui une indicible sympathie.

La danse terminée, on s'en fut souper. Mais le colonel B... s'excusa en disant qu'il lui fallait se lever à l'aube et prit congé. J'eus peur d'abord qu'il n'emmenât Varinka, mais elle resta avec sa mère. Après souper, je dansai avec elle le quadrille promis et mon bonheur grandissait sans cesse. Nous ne parlâmes pas d'amour. Je ne me demandais même pas si elle m'aimait, car il me suffisait de l'aimer. Je craignais seulement que quelque chose ne vînt gâter ma joie. Je rentrai chez moi pour me déshabiller et chercher à dormir, mais je sentis que cela me serait absolument impossible.

J'avais dans la main le gant qu'elle m'avait donné au moment où je les aidais, sa mère et elle, à monter dans la voiture. Je le regardais et je la revoyais, elle, quand, à souper, elle portait à ses lèvres une coupe de champagne en me regardant à la dérobée. Mais je la voyais surtout dansant avec son père, fière d'elle-même et de lui, et contemplant les spectateurs qui les admiraient tous deux. Et, malgré moi, je les unissais tous les deux dans un même sentiment de tendresse.

J'habitais alors avec mon frère. Lui n'avait jamais eu de goût pour le monde et ne le fréquentait plus. Il préparait alors un doctorat et menait une vie des plus régulières. Il dormait. M'approchant de son lit, et voyant sa tête à demi cachée par la couverture, je ressentais une indulgente pitié de ce qu'il ne connaissait et ne partageait pas mon propre bonheur. Notre valet, le serf Petrouchka, avait voulu m'aider à me déshabiller, mais je le renvoyai. Car la vue de son visage ensommeillé et de ses cheveux en broussaille m'attendrissait encore. Sur la pointe des pieds et cherchant à ne pas faire de bruit, j'entrai dans ma chambre et m'assis sur mon lit. Non, j'étais trop heureux pour dormir. D'autant plus que la chambre était surchauffée. Aussi, sans enlever mon uniforme, je passai dans l'antichambre, je pris mon manteau et sortis dans la rue.

J'avais quitté le bal à cinq heures et, depuis, deux heures s'étaient écoulées. Le jour était venu. C'était un véritable temps de carnaval. La neige mouillée fondait sur la chaussée et des ruisseaux tombaient des toits. Ayant passé la rue déserte, j'entrai dans une avenue où je croisais des piétons, des traîneaux chargés de bois. Les chevaux agitaient doucement leur tête sous l'arc des brancards. Les cochers qui marchaient à pied le long des voitures lourdement chargées, traînant leurs grosses bottes dans la boue, les maisons qui semblaient très hautes dans le brouillard, tout cela m'apparaissait aimable et attendrissant.

Les B... habitaient alors à l'extrémité de la ville, près d'un grand champ ; à l'un des bouts était une promenade, à l'autre une pension de jeunes filles.

Quand j'arrivai vers ce champ, voisin de leur maison, je vis, dans la direction de la promenade, quelque chose comme une foule lointaine et j'entendis des sons de fifre et de tambour.

Dans mon âme, tout chantait et de temps en temps revenait l'air de la mazurka. Mais, là-bas, c'était une autre musique dure et mauvaise.

— Qu'est-ce donc, me demandai-je en suivant un petit chemin glissant qui traversait le champ.

Quand j'eus fait quelque cent pas, je commençai à distinguer dans le brouillard des hommes vêtus de noir, des soldats probablement.

— Un exercice, sans doute. Et je suivis un forgeron qui marchait devant moi, vêtu d'une courte pelisse graisseuse et d'un tablier de cuir.

Enfin, j'arrivai et vis deux rangées de soldats, l'une devant l'autre, l'arme au pied. Derrière eux se tenaient les tambours et les fifres qui sans cesse répétaient un air désagréable et aigu.

— Que font-ils, demandai-je au forgeron qui, comme moi, s'était arrêté.

— On « chasse » un Tartare puni pour désertion, répondit-il d'une voix colère, les yeux vers l'endroit où les rangs se terminaient.

Je regardai et, entre les rangs, je vis quelque chose de terrible qui approchait. C'était un homme, nu jusqu'à la ceinture et les bras attachés aux fusils de deux soldats qui le conduisaient. Près de lui marchait un militaire en manteau dont la silhouette me semblait familière. Agitant convulsivement son corps, traînant les pieds dans la neige fondante, l'homme puni arrivait sur moi sous une grêle de coups qui lui tombaient des deux côtés. Tantôt il se rejetait en arrière, et alors les sous-officiers qui le conduisaient l'attiraient en avant ; tantôt s'il cherchait à tomber sur la face, ils le retenaient en arrière. Le militaire de haute taille marchait toujours de son pas fléchissant : c'était le père de Varinka, avec son visage rose et ses favoris blancs !

À chaque coup reçu, l'homme, ahuri, tournait vers celui qui l'avait frappé sa figure contractée par la souffrance où les dents blanches étincelaient. Il répétait sans cesse les mêmes paroles. Ce ne fut que lorsqu'il arriva vers moi que je les compris. Il sanglotait plutôt qu'il ne parlait :

— Frères, ayez pitié ! frères, ayez pitié !

Mais les frères ne s'apitoyaient pas et quand

le cortège fut à ma hauteur, je vis le soldat en face de moi s'avancer d'un pas et, faisant siffler sa baguette en l'air, frapper durement sur le dos du Tartare. Celui-ci se jeta en arrière, mais les sous-officiers l'avaient maintenu ; un coup semblable lui tomba de l'autre rang, puis encore d'un côté et puis de l'autre... Le colonel marchait en regardant tantôt ses pieds, tantôt le pauvre diable. Il aspirait l'air fortement, gonflait ses joues et respirait avec tranquillité.

Quand le cortège m'eut dépassé, je vis, à travers les rangs, le dos du malheureux : c'était quelque chose d'indicible, rouge, humide et si peu naturel qu'on ne pouvait croire que ce fût un corps humain.

— Mon Dieu ! murmura le forgeron près de moi.

Le cortège s'éloignait. Les coups tombaient toujours sur l'homme chancelant et qui butait à chaque pas. Les tambours battaient et les fifres sifflaient toujours. Le colonel marchait de son pas assuré. Soudain, il s'arrêta et s'approcha vivement d'un soldat.

— Attends un peu, je t'apprendrai à le frictionner, cria-t-il, d'une voix de colère, et je vis sa forte main gantée tomber sur la figure d'un petit soldat, épouvanté et faible, parce qu'il n'avait pas frappé assez fort le dos rouge du Tartare.

— Distribuez de nouvelles baguettes, cria-t-il en se retournant.

C'est là qu'il me vit. Alors, feignant de ne pas me connaître, l'air renfrogné, il se détourna vivement. Ma confusion était si grande que je ne savais plus quelle contenance garder. Comme un accusé, je baissais les yeux. Je repris le chemin de la maison.

Le roulement des tambours et l'abject sifflement des fifres emplissaient encore mes oreilles. J'entendais tantôt la voix du Tartare : « Frères, ayez pitié ! » tantôt la voix furieuse du colonel : « Je t'apprendrai à le frictionner ! » Une angoisse pour ainsi dire physique me serrait le cœur et me donnait presque la nausée. Je m'arrêtais à chaque instant, de crainte que la terreur qui m'avait pénétré ne me rendît réellement malade.

Je ne sais comment j'arrivai jusqu'à mon domicile et comment je me couchai. Mais je ne pus m'endormir, je sursautais à chaque instant.

— Il doit connaître quelque chose que

j'ignore, pensais-je en songeant au colonel. Si je le savais, je comprendrais peut-être ce que j'ai vu et cela ne me torturerait plus.

Mais j'eus beau réfléchir, je ne pus trouver. Et je m'endormis seulement vers le soir ; et encore après m'être préalablement enivré avec un camarade.

En avais-je conclu que le supplice était inique ? Pas le moins du monde : si cela se faisait avec une telle assurance et était considéré comme nécessaire, c'est qu'une raison qui m'était inconnue justifiait l'acte. Et je cherchais à percer le mystère, mais en vain.

Aussi, dans cet état de doute, je renonçai à entrer dans l'armée comme je l'avais longtemps désiré. Je ne servis donc nulle part et, comme vous le voyez, je n'ai pas été bon à grand'chose.

— Nous dirons, au contraire, qu'il y a bien des gens qui ne vous valent pas.

— Ça, ce n'est qu'une sottise certaine, s'écria Ivan Vassilievitch avec une colère très sincère.

— Et l'amour ? dit l'un de nous.

— L'amour ?... Depuis ce jour-là, il partit à la dérive... Quand, suivant son habitude, souriante et rêveuse, elle me regardait, je voyais aussitôt le colonel sur le champ de torture et je ressentais une gêne extrême. Nos entrevues devinrent de plus en plus rares et l'amour descendit à zéro... Et voilà comment vont les choses, voilà comment se détermine une vie... Et vous dites ?... termina-t-il.

1903.

DÉCOUVREZ LES FOLIO 2 €

Parutions de mai 2005

H. C. ANDERSEN — *L'elfe de la rose* et autres contes du jardin

Dix histoires pleines de poésie et de fantaisie pour redécouvrir l'univers merveilleux des contes de notre enfance avec un regard d'adulte.

COLLECTIF — *« Mourir pour toi » Quand l'amour tue*

Quelques textes pour partager le destin tragique des amoureux célèbres et découvrir comment les grands écrivains font rimer Éros avec Thanatos.

ÉPICTÈTE — *De la liberté*, précédé de *De la profession de Cynique*

Une philosophie aussi exigeante que bienveillante pour développer un véritable art de vivre.

E. HEMINGWAY — *Histoire naturelle des morts* et autres nouvelles

Cinq nouvelles d'une grande force pour témoigner des atrocités de la guerre et de ses traumatismes indélébiles.

P. ISTRATI — *Mes départs*

Anecdotes savoureuses et personnages hauts en couleur forment la trame des souvenirs de jeunesse de l'écrivain et aventurier Panaït Istrati.

H. P. LOVECRAFT — *La peur qui rôde* et autres nouvelles

Amateurs de frissons, découvrez vite ces quelques textes de l'un des maîtres de l'épouvante !

STENDHAL — *Féder ou Le Mari d'argent*

Grand peintre de l'âme humaine et des passions qui l'animent, Stendhal, dans ce court roman, n'est pas sans rappeler les plus belles pages de son chef-d'œuvre *Le Rouge et le Noir.*

J. TANIZAKI — *Le meurtre d'O-Tsuya*

Avec un talent incomparable, Tanizaki met en scène une dramatique histoire d'amour dans le Japon du XIXe siècle.

L. TOLSTOÏ — *Le réveillon du jeune tsar* et autres contes

Des contes d'une vérité poignante, témoins d'une époque en train de disparaître, par l'auteur d'*Anna Karénine*.

O. WILDE — *La Ballade de la geôle de Reading*, précédé de *Poèmes*

Inspiré par deux années passées dans les prisons londoniennes pour « actes indécents », Oscar Wilde raconte dans ces vers bouleversants comme un long cauchemar, la douleur, l'angoisse et la culpabilité.

Dans la même collection

R. AKUTAGAWA	*Rashômon* et autres contes (Folio n° 3931)
M. AMIS	*L'état de l'Angleterre*, précédé de *Nouvelle carrière* (Folio n° 3865)
ANONYME	*Le poisson de jade et l'épingle au phénix* (Folio n° 3961)
ANONYME	*Saga de Gísli Súrsson* (Folio n° 4098)
G. APOLLINAIRE	*Les Exploits d'un jeune don Juan* (Folio n° 3757)
ARAGON	*Le collaborateur* et autres nouvelles (Folio n° 3618)
I. ASIMOV	*Mortelle est la nuit*, précédé de *Chante-cloche* (Folio n° 4039)
H. DE BALZAC	*L'Auberge rouge* (Folio n° 4106)
T. BENACQUISTA	*La boîte noire* et autres nouvelles (Folio n° 3619)
K. BLIXEN	*L'éternelle histoire* (Folio n° 3692)
M. BOULGAKOV	*Endiablade* (Folio n° 3962)
R. BRADBURY	*Meurtres en douceur* et autres nouvelles (Folio n° 4143)
L. BROWN	*92 jours* (Folio n° 3866)
S. BRUSSOLO	*Trajets et itinéraires de l'oubli* (Folio n° 3786)

J. M. CAIN	*Faux en écritures* (Folio n° 3787)
A. CAMUS	*Jonas ou l'artiste au travail*, suivi de *La pierre qui pousse* (Folio n° 3788)
T. CAPOTE	*Cercueils sur mesure* (Folio n° 3621)
T. CAPOTE	*Monsieur Maléfique* et autres nouvelles (Folio n° 4099)
A. CARPENTIER	*Les Élus* et autres nouvelles (Folio n° 3963)
CASTANEDA	*Stopper-le-monde* (Folio n° 4144)
R. CHANDLER	*Un mordu* (Folio n° 3926)
E. M. CIORAN	*Ébauche de vertige* (Folio n° 4100)
COLLECTIF	*Au bonheur de lire* (Folio n° 4040)
COLLECTIF	*Des mots à la bouche* (Folio n° 3927)
COLLECTIF	*Il pleut des étoiles* (Folio n° 3864)
COLLECTIF	*« Leurs yeux se rencontrèrent... »* (Folio n° 3785)
COLLECTIF	*« Ma chère Maman... »* (Folio n° 3701)
COLLECTIF	*« Parce que c'était lui ; parce que c'était moi »* (Folio n° 4097)
COLLECTIF	*Un ange passe* (Folio n° 3964)
CONFUCIUS	*Les Entretiens* (Folio n° 4145)
J. CONRAD	*Jeunesse* (Folio n° 3743)
J. CORTÀZAR	*L'homme à l'affût* (Folio n° 3693)
D. DAENINCKX	*Leurre de vérité* et autres nouvelles (Folio n° 3632)
D. DAENINCKX	*Ceinture rouge*, précédé de *Corvée de bois* (Folio n° 4146)
R. DAHL	*L'invité* (Folio n° 3694)
R. DAHL	*Gelée royale*, précédé de *William et Mary* (Folio n° 4041)
S. DALI	*Les moustaches radar* (1955-1960) (Folio n° 4101)
M. DÉON	*Une affiche bleue et blanche* et autres nouvelles (Folio n° 3754)
D. DIDEROT	*Lettre sur les aveugles à l'usage de ceux qui voient* (Folio n° 4042)

R. DUBILLARD — *Confession d'un fumeur de tabac français* (Folio n° 3965)

S. ENDÔ — *Le dernier souper* et autres nouvelles (Folio n° 3867)

W. FAULKNER — *Une rose pour Emily* et autres nouvelles (Folio n° 3758)

W. FAULKNER — *Le Caïd* et autres nouvelles (Folio n° 4147)

F. S. FITZGERALD — *La Sorcière rousse*, précédé de *La coupe de cristal taillé* (Folio n° 3622)

C. FUENTES — *Apollon et les putains* (Folio n° 3928)

GANDHI — *La voie de la non-violence* (Folio n° 4148)

R. GARY — *Une page d'histoire* et autres nouvelles (Folio n° 3753)

J. GIONO — *Arcadie... Arcadie*, précédé de *La pierre* (Folio n° 3623)

W. GOMBROWICZ — *Le festin chez la comtesse Fritouille* et autres nouvelles (Folio n° 3789)

H. GUIBERT — *La chair fraîche* et autres textes (Folio n° 3755)

E. HEMINGWAY — *L'étrange contrée* (Folio n° 3790)

C. HIMES — *Le fantôme de Rufus Jones* et autres nouvelles (Folio n° 4102)

E. T. A. HOFFMANN — *Le Vase d'or* (Folio n° 3791)

H. JAMES — *Daisy Miller* (Folio n° 3624)

T. JONQUET — *La folle aventure des Bleus...*, suivi de *DRH* (Folio n° 3966)

F. KAFKA — *Lettre au père* (Folio n° 3625)

J. KEROUAC — *Le vagabond américain en voie de disparition*, précédé de *Grand voyage en Europe* (Folio n° 3694)

J. KESSEL — *Makhno et sa juive* (Folio n° 3626)

R. KIPLING — *La marque de la Bête* et autres nouvelles (Folio n° 3753)

LAO SHE — *Histoire de ma vie* (Folio n° 3627)

LAO-TSEU — *Tao-tö king* (Folio n° 3696)

J. M. G. LE CLÉZIO	*Peuple du ciel*, suivi de *Les bergers* (Folio n° 3792)
P. MAGNAN	*L'arbre* (Folio n° 3697)
I. McEWAN	*Psychopolis* et autres nouvelles (Folio n° 3628)
G. DE MAUPASSANT	*Le Verrou* et autres contes grivois (Folio n° 4149)
H. MILLER	*Plongée dans la vie nocturne...*, précédé de *La boutique du Tailleur* (Folio n° 3929)
S. MINOT	*Une vie passionnante* et autres nouvelles (Folio n° 3967)
Y. MISHIMA	*Dojoji* et autres nouvelles (Folio n° 3629)
Y. MISHIMA	*Martyre,* précédé de Ken (Folio n° 4043)
M. DE MONTAIGNE	*De la vanité* (Folio n° 3793)
E. MORANTE	*Donna Amalia* et autres nouvelles (Folio n° 4044)
V. NABOKOV	*Un coup d'aile*, suivi de *La Vénitienne* (Folio n° 3930)
P. NERUDA	*La solitude lumineuse* (Folio n° 4103)
K. OÉ	*Gibier d'élevage* (Folio n° 3752)
L. OULITSKAÏA	*La maison de Lialia* et autres nouvelles (Folio n° 4045)
C. PAVESE	*Terre d'exil* et autres nouvelles (Folio n° 3868)
L. PIRANDELLO	*La Première nuit* et autres nouvelles (Folio n° 3794)
E. A. POE	*Aventure sans pareille d'un certain Hans Pfaall* (Folio n° 3862)
R. RENDELL	*L'Arbousier* (Folio n° 3620)
R. ROTH	*L'habit ne fait pas le moine*, précédé de *Défenseur de la foi* (Folio n° 3630)
D. A. F. DE SADE	*Ernestine. Nouvelle suédoise* (Folio n° 3698)

D. A. F. DE SADE	*La Philosophie dans le boudoir* (Les quatre premiers dialogues) (Folio n° 4150)
A. DE SAINT-EXUPÉRY	*Lettre à un otage* (Folio n° 4103)
J.-P. SARTRE	*L'enfance d'un chef* (Folio n° 3932)
B. SCHLINK	*La circoncision* (Folio n° 3869)
L. SCIASCIA	*Mort de l'Inquisiteur* (Folio n° 3631)
SÉNÈQUE	*De la constance du sage*, suivi de *De la tranquillité de l'âme* (Folio n° 3933)
G. SIMENON	*L'énigme de la* Marie-Galante (Folio n° 3863)
D. SIMMONS	*Les Fosses d'Iverson* (Folio n° 3968)
I. B. SINGER	*La destruction de Kreshev* (Folio n° 3871)
P. SOLLERS	*Liberté du XVIIIème* (Folio n° 3756)
R. L. STEVENSON	*Le Club du suicide* (Folio n° 3934)
I. SVEVO	*L'assassinat de la Via Belpoggio* et autres nouvelles (Folio n° 4151)
R. TAGORE	*La petite mariée*, suivi de *Nuage et soleil* (Folio n° 4046)
J. TANIZAKI	*Le coupeur de roseaux* (Folio n° 3969)
A. TCHEKHOV	*Une banale histoire* (Folio n° 4105)
I. TOURGUÉNIEV	*Clara Militch* (Folio n° 4047)
M. TOURNIER	*Lieux dits* (Folio n° 3699)
M. VARGAS LLOSA	*Les chiots* (Folio n° 3760)
P. VERLAINE	*Chansons pour elle et autres poèmes érotiques* (Folio n° 3700)
VOLTAIRE	*Traité sur la Tolérance* (Folio n° 3870)
H. G. WELLS	*Un rêve d'Armageddon*, précédé de *La porte dans le mur* (Folio n° 4048)
E. WHARTON	*Les lettres* (Folio n° 3935)
R. WRIGHT	*L'homme qui vivait sous terre* (Folio n° 3970)

Composition Bussière
Impression Novoprint
à Barcelone, le 7 mars 2005.
Dépôt légal : mars 2005.
ISBN 2-07-030740-9./Imprimé en Espagne.

134269